AF339696

LA
GUERRE SACRÉE,

OÙ

HOMMAGE

A L'HÉROISME DES GRECS,

POËME

PAR M. LE V^{TE}. LE PRÉVOST D'IRAY,

MEMBRE DE L'INSTITUT,
CHEVALIER DES ORDRES DE MALTE ET DE LA LÉGION-D'HONNEUR.

PARIS.

CHARLES GOSSELIN, RUE SAINT-GERMAIN-DES-PRÉS.
ARTHUS BERTRAND, RUE HAUTEFEUILLE.

AOUT 1827.

IMPRIMERIE DE H. FOURNIER,
RUE DE SEINE, N° 14.

LA

GUERRE SACRÉE,

OU

HOMMAGE

A L'HÉROISME DES GRECS.

———◦◦◦———

Doux Zéphirs, protégez leurs nobles pavillons :
Que la mer devant eux en limpides sillons
Mollement se soulève à vos tièdes haleines !

Oui, j'aime, je chéris, j'admire les Hellènes.
Pour eux vers l'Éternel j'ose élever ma voix :
Mon cœur bat au récit de leurs brillans exploits.

Ce n'est point l'artisan de doctrines nouvelles,
Fléaux des vérités, des vertus éternelles,
Le zélateur secret des principes pervers
Dont le poison long-temps infecta l'univers,

Qui pour le reproduire avec art le compose,
Qui, pour la dégrader, embrasse ici leur cause;
C'est un Français dont l'ame a toujours écouté
Le cri de la justice et de l'humanité.

Oui, les cœurs généreux, toujours sûrs de s'entendre,
A ce cri si français ne pouvant se méprendre,
S'uniront, secondant leurs vœux avec chaleur,
Pour flétrir leurs tyrans et venger le malheur.

Je voudrais rappeler sans confondre les âges
Ou sans désenchanter leurs fortunés rivages,
La source où fut puisé leur sang si généreux....
Le sang qui du Calvaire a rejailli sur eux.

Grecs, le Dieu qui sur vous étend ses dons célestes
De vos nobles aïeux protège aussi les restes.
Ainsi que leurs vertus leurs noms sont immortels,
Et leurs tombeaux sacrés sont encor des autels.

O vérité sublime! ô brillante chimère!
Anges du ciel, salut!... Salut, héros d'Homère!
Culte de souvenirs, culte d'un pur amour,
Guidez-moi.... que mes doigts accordent tour à tour,
Sur la montagne sainte, aux rives de l'Alphée,
La harpe de David et la lyre d'Orphée;
Et qu'un double délire, animant mon essor,

Rapproche dans mes vers le Pinde et le Thabor !

L'héritier des héros, fier de son origine,
L'héritier des martyrs, la croix sur la poitrine,
Protestent, s'indignant des maux qu'ils ont soufferts,
Contre la tyrannie, et l'opprobre et les fers.
O muses ! c'est à vous de rompre le silence.
Ce temps fatal n'est plus, où, dans son indolence,
Perdant le souvenir d'une antique splendeur,
Et jusqu'au sentiment de sa propre grandeur,
Ce peuple dégradé, tel qu'un troupeau timide,
Se façonnait au joug, en sa terreur stupide,
Où, d'une terre illustre... illustres possesseurs,
Son sol vous refusait jusqu'à des successeurs !

Byzance ! ô jour de deuil, d'exécrable mémoire !
Orgueilleuse cité, qu'as-tu fait de ta gloire !
Aux Tartares ouvert, le Bosphore, en ton sein,
Des cruels Osmanlis a donc vomi l'essaim !
Que de fléaux, d'affronts, un seul instant rassemble !
Corinthe, Athènes, Rome, expirèrent ensemble.
Là, du génie humain s'éteignit le flambeau,
Et de toute grandeur Byzance est le tombeau.

Le tombeau ! rallumé dans le siècle où nous sommes,
Ce feu sacré, ce feu qui produit les grands hommes,
Réchauffé par la foi, par sa flamme épuré,

Chez le fils des héros n'a-t-il pas pénétré?
Oui, leurs vives splendeurs raniment son courage :
Debout, sur ses rochers, faisant tête à l'orage,
Il renaît pour la gloire à leurs divins flambeaux,
Il vit de ses débris, il vit dans ses tombeaux.
Nous reverrons par lui la Grèce rajeunie
De ses indignes fers venger l'ignominie,
Et lavant ses affronts sous des flots de son sang,
Parmi les nations reconquérir son rang,
Enfin se réfléchir sur le reste du monde
Les rayons dispersés de sa clarté féconde.
Le berceau des beaux-arts dans la Grèce fixé
Sous un climat plus pur était-il donc placé?
Son sol a-t-il perdu sa vigueur tutélaire?
Est-ce un autre soleil qui l'échauffe et l'éclaire,
En plus douces faveurs, en dons plus précieux
Recevait-il alors l'influence des cieux?
Ah! lorsque Danaüs déploya sur ses rives
De ses vaisseaux errans les voiles fugitives,
Les enfans de Pélops, ces hôtes des forêts,
De superbes moissons couvraient-ils ses guérets?
Plus barbares cent fois sur leur rocher sauvage
Que l'Hellène vieilli dans un long esclavage,
Des chênes d'alentour, égarés et tremblans,
Aux plus vils animaux ils disputaient les glands.
Les fils de Sparte à peine y trouvant un asile,
La cité de Cécrops et son rocher stérile

Ont à de grands efforts dû leur célébrité :
Ils ont conquis l'honneur, les arts, la liberté.
O Grèce ! sous tes fers sa force comprimée
De tout leur poids encor ne s'était pas armée.

Dites-nous, ô cités muettes de terreur,
Dites-nous des Spahis où s'étend la fureur,
Quels forfaits inouis souillent leurs cimeterres :
Ah ! c'est pour insulter à nos divins mystères,
Que le jour où, brillant d'un éclat radieux,
Le fils de l'Éternel remontait vers les cieux,
Son pontife, au milieu de ces pompes sacrées
Dont il portait encor les marques vénérées,
Par la main des bourreaux, à l'autel arraché,
Aux portes du lieu saint expirait attaché.
Et Scio... sous mes doigts ma plume encor tremblante
Se refuse à tracer cette image sanglante.
Scio n'est plus... déjà ses remparts embrasés
Ont couvert ses enfans sous la pierre écrasés....
Sa flamme au sein des Grecs rallume l'espérance
Sur ces derniers débris traçant leur délivrance,
Et c'est à la lueur de ces feux dévorans
Qu'ils aiguisent leurs fers pour percer leurs tyrans.
Du pur sang des martyrs dont sa terre est baignée
La vapeur se répand sur la Grèce indignée.
Terrible, un cri perçant de ces murs est sorti ;
Ce cri, comme la foudre, a partout retenti :

Vengeance!... et tous ensemble, et tous d'intelligence,
Les échos de la Grèce ont répété : Vengeance!

Son peuple entier s'agite, on voit de tous côtés
Les îles se liguer, et s'armer les cités.

Levez-vous à ma voix, généreux Hydriotes,
Indomptables guerriers, intrépides pilotes,
Fiers éperviers, nourris dans les antres d'Hydra,
Et vous, dauphins des mers, Alcyons d'Ipsara (1),
Venez; toi, sois long-temps l'espoir de la patrie,
Rocher jadis désert, conquis par l'industrie!...

Que Sparte, en ses débris, retrouve ses héros;
Que le Thébain, les fils de Corinthe et d'Argos,
Se souvenant encor de leur vaillance antique,
Contemplent dans leurs rangs leurs frères de l'Attique!

Vous, héros de Souli, trop long-temps abusés (2),
Du sommet de vos monts par la foudre brisés,
Où, sous des cieux d'airain, la liberté respire,
Appelez aux combats la belliqueuse Épire.

(1) Dithyrambe de Rhigas, *Histoire de la Régénération de la Grèce*, t. II, p. 372.
(2) Séduits par les artifices d'Ali pacha, ils avaient manqué de périr tous, victimes de leur crédulité.

(9)

Le fer du moissonneur en glaive est transformé.
Le fils des champs salue, au nom des cieux armé,
La terre par ses mains naguère cultivée,
De serviles sueurs trop long-temps abreuvée :
« Adieu, riches épis, chers trésors, doux espoir,
« Au jour de la moisson, nous reviendrons vous voir
« Avec ces mêmes fers, ces faux étincelantes,
« Des fruits de la victoire encor toutes sanglantes ! »
Parmi des noms si beaux, si dignes de renom,
Un seul peuple, ô douleur ! n'a pas inscrit son nom !

Quel triste aveuglement ou quel fatal génie
Lui fait dans ses fureurs servir la tyrannie?
Honte du nom chrétien, le peuple de Sÿros
Conjure avec Mahmoud la perte des héros.
Des enfans d'Ipsara les sanglans sacrifices
Font passer dans son ame un torrent de délices.
Il voudrait... il veut voir dévorer par le feu
Les hommes de son sang, les enfans de son Dieu.
Il insulte, applaudit sur ses rives prochaines,
Par son chant sacrilège, au malheur des Hellènes.
Vil troupeau d'espions, ramas de délateurs,
Qui s'unit, qui se vend à leurs persécuteurs !

Que, n'osant prononcer le doux nom de patrie,
Et fuyant par son souffle une terre flétrie,
De leurs heureux destins lui seul déshérité,

*

Il vive et meure esclave.... Il l'a bien mérité !

Ipsara, tu n'es plus qu'un vaste amas de cendre :
La valeur de tes fils ne peut plus te défendre ;
Au moins ils ont reçu le prix de leurs combats ;
Le sceau du déshonneur, pire que le trépas,
Ne s'imprimera point sur leurs nobles familles.
Tout périt avec eux : leurs femmes et leurs filles.
Ah ! l'immortel ciseau sur le marbre inscrira,
Parmi les plus beaux noms, le grand nom d'Ipsara.

Mais qui peut retenir ces fougueux Palikares
Que guidait Botzaris au-devant des barbares ?
Tels deux jeunes amans, brûlant des mêmes feux,
Aux autels de l'hymen vont consacrer leurs nœuds ;
Tels, dans leur vive ardeur, ces amans de la gloire
Unissent leurs destins au temple de mémoire.
Deux à deux, le front ceint de lauriers immortels,
Ils avancent en ordre au pied des saints autels.
D'un accord fraternel sanctifiant les charmes,
A la voix du pontife, ils échangent leurs armes ;
Et, déposant la main sur la croix du Sauveur,
Tout le chœur des guerriers répète avec ferveur :

« Oui, ma vie est ta vie, et ton ame est mon ame ! »
Lui-même, se livrant au transport qui l'enflamme,
Le pontife s'unit à ce pacte guerrier.

Le doux baiser de paix qu'il donne le premier,
Ainsi qu'une étincelle, en son vol électrique,
De rang en rang circule, à tous se communique;
Et dans ses grands desseins par la gloire affermi,
Le bataillon sacré marche vers l'ennemi.

Hé! qui peut désormais, ô soldats magnanimes,
Arrêter votre ardeur et vos transports sublimes?
Sparte entière revit dans ces cœurs généreux,
Et ton astre immortel plane encore sur eux,
Noble Athènes; le sol de l'antique Ionie
De ses feux renaissans réchauffe leur génie.

Au creuset du malheur par la flamme épuré,
Accomplis tes destins, peuple régénéré.
Oui, nous verrons encor, cité fière et puissante,
Sous le fer de Pallas l'olive obéissante,
T'apporter en tribut son brillant rejeton,
Et ton bras ressaisir les champs de Marathon.

Là, protégeant tes fils, les tombeaux de leurs pères
Sont restés pour veiller à leurs destins prospères (1).

(1) Douze cents Grecs, en embuscade à Marathon, se lèvent tout à coup du milieu des tombeaux de leurs ancêtres, et exterminent les Turcs. V. *Histoire de la Régénération de la Grèce*, t. II, p. 513.

Du fond de ces tombeaux j'entends tes vieux guerriers,
Dont la cendre se mêle à ce champ de lauriers,
Au nom de Marathon, au nom de Salamine,
Rappeler à tes fils leur illustre origine,
Leur crier : « Pour vengeurs, c'est vous que nous prenons ;
« A nos noms accourez associer vos noms,
« Rendez-nous nos cités, rendez-nous nos statues
« Par le fer des Spahis à leurs pieds abattues,
« Nos arts, nos monumens foudroyés sous leurs coups :
« Par nous vous renaissez, nous revivrons en vous ! »
Là, chassant des tyrans les phalanges serviles,
Léonidas renaît, gardien des Thermopyles,
Le Turc cinq fois succombe au pied de leurs remparts.
L'Hellène y voit cinq fois flotter ses étendarts :
Cinq fois sur leurs sommets la Grèce glorieuse
A scellé de son sang sa foi victorieuse.
Le cri des fiers guerriers que son sol enfanta
Vient réveiller Hercule au pied du mont OEta.
Quand l'ombre de Nestor, aux plaines de l'Élide,
A déjà soulevé sa jeunesse intrépide,
Le fer de Diomède, au sang des dieux fatal,
Ne peut-il se lever sur un monstre infernal ?
Il le peut... sommeillant aux rives du Scamandre,
Achille doit aussi renaître de sa cendre :
Partout l'effroi poursuit les drapeaux musulmans.

Approche, ô Canaris, terreur des Ottomans,

Intrépide guerrier et nocher magnanime,
Qui, bravant les fureurs du mugissant abîme,
Précipitas deux fois, dans ses gouffres ouverts,
Les vaisseaux du Croissant d'écume recouverts;
Qui, t'élançant toi seul contre une immense armée,
Fis des terribles flancs de ta nef enflammée,
Dans l'horreur de la nuit, éclater sur les flots
Les brasiers de l'Etna, les foudres de Lemnos.
Comme un nuage épais, comme un vaste incendie,
De fumée et de flamme une chaîne agrandie
Sur les mers se déploie... entoure les vaisseaux
De ses feux enlacés, de ses brûlans anneaux,
Et les mâts byzantins sont les torches funèbres
Qui d'une telle nuit éclairent les ténèbres!

Ainsi les descendans des vainqueurs d'Ilion,
Au sommet de l'Ossa, des flancs du Pélion,
De la mer d'Ionie aux rochers du Bosphore,
Menacent le Croissant, et sont libres encore.

Ils sont libres encore!..... et le seront toujours,
Quand le Turc, qui des temps voit se presser le cours
Sans que jamais son ame et s'éclaire et s'élève,
Vieilli dans l'ignorance et courbé sous le glaive,
De sa honte première éternisant les jours,
A les mœurs d'un esclave, et le sera toujours!

Oui, par vous désormais, Nicétas, Odyssée,
Déjà de vos aïeux la gloire est éclipsée.
Illustre Germanos, toi qui, prêtre et soldat,
Priais près des autels, triomphais au combat,
Pontife généreux, magistrat équitable,
Des Grecs soutien puissant aux tyrans redoutable,
Appui des opprimés, fléau des oppresseurs,
Ton troupeau de tes lois bénissait la douceur.
Tu tins d'un zèle égal, en ta main protectrice,
Le glaive des guerriers, celui de la justice.

Toi, du palais des czars n'assiégeant plus le seuil,
Des cours, Hypsilantis, déplore ici l'orgueil.
Monte au sublime rang où t'appelle l'histoire,
Deviens libre... C'est là ton grand titre de gloire.

Touchante Modéna, sang des Maurogenis,
A leurs nobles efforts tes efforts sont unis;
Ton nom s'inscrit déjà parmi leurs noms célèbres,
Et de la nuit des temps percera les ténèbres.

Mais quel noble étranger dans vos murs s'introduit?
Quelle main le protège, et quel bras le conduit?
Des chantres de la Thrace et des héros d'Athènes
L'ame vit dans ses vers, le sang bout dans ses veines.
Il prodigue pour vous sa vie et ses trésors,
La Grèce se relève à ses divins accords.

   Victoire!... C'est Byron. Sparte est ressuscitée :
Vous, marchez sur les pas de ce nouveau Tyrtée.
Hélas! bientôt lui-même... O chefs infortunés,
Vos temps d'épreuve encor ne sont pas terminés.
Du bonheur de la Grèce entrevoyant l'aurore,
Vous avez combattu..... vous combattrez encore.
De vos malheurs un jour Dieu doit marquer la fin,
Mais ce jour solennel déposé dans son sein,
Ce jour où vous ceindrez l'immortelle couronne,
De nuages épais comme lui s'environne ;
Combattez, combattez, pour ce jour glorieux,
Qu'importe le moment ?... C'est le secret des cieux !

Oui, Dieu saura tirer l'or pur et sans mélange
Des veines d'un rocher, du limon de la fange.
D'un éclat immortel aux cieux resplendissant,
N'est-il pas le Dieu fort et le Dieu tout-puissant?

   Mais que d'amers regrets empoisonnent la joie
De l'ivresse imprudente où mon ame se noie!
Qui pourrait, ô cité d'héroïques douleurs,
Tracer tes longs revers sans répandre des pleurs?
Je ne t'oublierai point, toi qui viens vers tes frères
Pour réclamer ta part des communes misères?
O Joseph, noble ami, pontife généreux (1);

____

(1) Voyez, dans les journaux du 30 mars 1826, avec la

De fatigue et de faim prêt à périr comme eux ,
Tu trouves dans ton zèle, où l'homme entier s'immole,
La force qui soutient, la douceur qui console.
Nourriture des forts, mane du firmament,
Le pain du sacrifice est ton seul aliment :
Tu ne vis que du Dieu de la sphère éthérée
Descendu sur l'autel à ta voix vénérée.

Missolonghi succombe... ô transports superflus!...
Je chante les héros... les héros ne sont plus.
Qu'ont-ils perdu?.. Leurs fers. Pour prix de leur courage,
Laissant à Dieu le soin d'achever son ouvrage,
Leurs mânes, dans l'espoir d'un triomphe si beau,
Reposent consolés au fond de leur tombeau.
Missolonghi succombe... Ah! son puissant génie
Se débat, lutte encor contre la tyrannie :
Orphelins des martyrs, j'en crois votre grand cœur...
De cette noble lutte il sortira vainqueur.
Mais qui me garantit cette illustre victoire?
Qui !... le passé. La gloire est fille de la gloire ;
De vos pères sa palme a couronné le front,
Ils ont semé... leurs fils un jour recueilleront :
Ils ont semé leur sang... le sol natal féconde
Pour les temps à venir ce pur sang qui l'inonde.

belle défense de Missolonghi, la magnanime résignation
et l'inépuisable charité de Joseph, évêque de Rogous.

« Brisons (avaient-ils dit), de notre propre main,
« Des affronts paternels cette chaîne d'airain.
« Pour vous, fils de mes fils, qui n'êtes pas encore,
« Le jour du déshonneur a-t-il besoin d'éclore?
« Non. Vous ne naîtrez pas, ou libres, vers les cieux,
« Mes fils, vous leverez vos fronts victorieux.
« Pour nous, de notre sang si la source est tarie,
« Le ciel s'ouvre, chrétiens, voilà notre patrie.
« Du premier Constantin étendart vénéré,
« Signe de la victoire, ô labarum sacré,
« Deviens le gage heureux de notre délivrance,
« Croix d'amères douleurs, de crainte et d'espérance ! »
Enfin il n'est donc plus de pouvoirs assez forts
Pour leur ravir un bien, le premier des trésors.
Dès qu'un peuple a franchi l'abîme qui sépare
L'être civilisé de l'être encor barbare,
Il s'élève, il grandit à l'ombre de ses lois ;
Maître de ses destins, il rentre dans ses droits.

Vous qui de la licence instrumens ou victimes,
Des révolutions n'avez vu que les crimes,
Des féroces tyrans que les sanglans débats,
Non, peuples abusés, vous ne connaissez pas
Quelle héroïque ardeur, quel sublime délire
Des rochers paternels le saint amour inspire :
Accourez, loin d'un sol par le luxe amolli,
Sous les murs de Parga, sur les monts de Souli :

C'est là que tout entière à son vrai nom rendue,
Pure comme le ciel dont elle est descendue,
L'auguste liberté, dans ses transports vainqueurs,
Soulève tous les bras, entraîne tous les cœurs.
On peut de flots de sang inonder leurs campagnes,
D'un appareil de mort investir leurs montagnes;
On peut faire tomber des têtes par milliers,
Désarmer leurs enfans, briser leurs boucliers.
Leurs cœurs... jamais, jamais! ce belliqueux rivage
Pour toujours loin de lui repoussant l'esclavage,
N'offre plus que du sang à qui veut s'y baigner.
Qui prétend l'asservir, doit prétendre... à régner
Sur des villes en cendre et des remparts en poudre,
Sur des tombeaux fumans embrasés par la foudre.

Mais quel pouvoir commande à mes sens agités?....
Vous, potentats du Nord, rois du monde, écoutez....,
Mandataires du Ciel,... ce que le Ciel m'inspire,
Ce que le roi des rois m'a chargé de vous dire :
« Jusqu'à quand, de mon peuple inutiles soutiens,
« Laisserez-vous couler le pur sang des chrétiens? »
O France! lève-toi. Ne sois pas la dernière
A guider vers le port la céleste bannière.
Oui, le monde à la Croix verra se rallier
Et ton drapeau sans tache, et ton roi chevalier!
Oui, faisons triompher l'éternelle justice,
Tendons à l'infortune une main protectrice,

Sauvant le Musulman de ses propres fureurs,
A l'Europe outragée épargnons les horreurs.
Du spectacle hideux qu'à ses regards étale,
Sous le fer de Mahmoud, sa rive orientale.
Arrachons à ses bras de meurtre dégouttans,
Ces têtes des héros, ces restes palpitans
Qu'au sein de ses terreurs dans le sang étouffées
Aux portes de son antre il érige en trophées.
Plus de paix, plus de trève à l'infame assassin
Affamé de carnage, ivre du sang humain!

O signe précurseur du châtiment visible
Qu'au tigre de Stamboul réserve un Dieu terrible (1)!
D'innombrables Chrétiens par son ordre égorgés,
Et promis à la mer, sur ses bords sont rangés.
C'est peu que la vapeur du sang qui fume encore
Jusqu'au monstre s'élève... il parcourt le Bosphore,
Dans l'espoir inhumain d'en repaître ses yeux
Dignes de contempler ce spectacle odieux!

De ses esprits troublés est-ce une erreur... un rêve?...
Le jour fuit, le vent souffle, et sa brise soulève,
Entraîne vers la mer ces corps ensanglantés
Debout, vers son vaisseau par la vague portés,

(1) Épisode historique. Voyez *Histoire de la Régénération de la Grèce*, t. II, p. 433, t. III, p. 493.

Prêts à fondre sur lui comme une immense armée,
En bataillons épars, en phalanges formée.
Le despote indigné crie à la trahison.
Combien même la nuit qui couvrait l'horizon
Jetait de défiance en son ame coupable,
Tout entier à l'effroi, de remords incapable,
Lorsqu'au feu des éclairs il démêle... ô terreur!...
Parmi tant de martyrs qu'immole sa fureur,
Du pontife sacré la dépouille sanglante
Qui semble lui crier d'une voix menaçante :
« Meurs, et vois se briser ton sceptre criminel,
« Sans déposer ta cendre au tombeau paternel. »

Oui, du pontife saint la voix s'est fait entendre,
Grecs, et l'appui des cieux ne se fait plus attendre.

Par un pouvoir divin je vois de tous côtés
Le commerce agrandir, embellir vos cités :
Produit de l'industrie et de l'indépendance,
Le travail dans vos murs, dans vos champs l'abondance,
De l'Europe étonnée attirent les regards.
Déposés en leur sein, les chefs-d'œuvre des arts,
Confiant leurs débris à des mains tutélaires,
Entr'ouvrent devant moi leurs tombeaux séculaires,
Et l'essor d'un seul peuple, en secouant ses fers,
A son antique orgueil rappelle l'univers.
Adieu, braves guerriers morts pour votre patrie,

Mais qui vivez toujours dans son ame attendrie :
Adieu, jeune Byron dont cette mère en deuil,
D'honneurs presque divins entoura le cercueil :
Adieu, terre sacrée, ô Grèce valeureuse,
Sois toujours libre, grande et toujours généreuse :
Recueille, aux jours brillans de ta prospérité
Les sévères leçons de ton adversité!...

O que ne suis-je encore à mon cinquième lustre!..
Oui ; la soif de la gloire et d'un trépas illustre
Dès ma tendre jeunesse a tourmenté mon cœur.
J'éprouve encor des ans ce prestige vainqueur,
Qui rajeunit les corps et qui, de nobles ames,
Rejaillit en éclairs, s'élance en traits de flammes.
Près de toi qu'il est doux, peuple libre et guerrier,
De voir ceindre son front d'un immortel laurier,
D'arroser de son sang ces terres glorieuses
Qui virent les Chrétiens d'armes victorieuses
Couvrir les champs thébains, les campagnes d'Argos,
Et de mêler sa cendre à celle des héros!

FIN

www.ingramcontent.com/pod-product-compliance
Lightning Source LLC
Chambersburg PA
CBHW061840060726

47597CB00008B/3560